閱讀123

國家圖書館出版品預行編目資料

屁屁超人與直升機神犬／林哲璋文；
BO2圖 -- 第二版. -- 臺北市：
親子天下, 2018.06
99 面； 14.8x21公分.（閱讀123）
ISBN 978-957-9095-78-5（平裝）
859.6　　107007074

閱讀 123 系列 —— 027

屁屁超人與直升機神犬

作　　者｜林哲璋
繪　　者｜B O 2

責任編輯｜蔡珮瑤
特約編輯｜蕭雅慧
特約美術編輯｜杜皮皮
行銷企劃｜王予農、林思妤

天下雜誌群創辦人｜殷允芃
董事長兼執行長｜何琦瑜
媒體暨產品事業群
總經理｜游玉雪
副總經理｜林彥傑
總編輯｜林欣靜
資深主編｜蔡忠琦
版權主任｜何晨瑋、黃微真

出版者｜親子天下股份有限公司
地址｜台北市 104 建國北路一段 96 號 4 樓
電話｜（02）2509-2800　傳真｜（02）2509-2462
網址｜ www.parenting.com.tw
讀者服務專線｜（02）2662-0332　週一～週五：09:00~17:30
讀者服務傳真｜（02）2662-6048
客服信箱｜ parenting@cw.com.tw
法律顧問｜台英國際商務法律事務所・羅明通律師
製版印刷｜中原造像股份有限公司
總經銷｜大和圖書有限公司 電話：（02）8990-2588

出版日期｜ 2010 年 8 月第一版第一次印行
2023 年 5 月第二版第十三次印行
定　　價｜ 260 元
書　　號｜ BKKCD108P
ISBN ｜ 978-957-9095-78-5（平裝）

訂購服務
親子天下 Shopping ｜ shopping.parenting.com.tw
海外・大量訂購｜ parenting@cw.com.tw
書香花園｜台北市建國北路二段 6 巷 11 號　電話（02）2506-1635
劃撥帳號｜ 50331356 親子天下股份有限公司

屁屁超人與直升機神犬

文／林哲瑋　圖／BO2

警告：
看這本書時，請保護好你的鼻子，小心吸到二手屁。

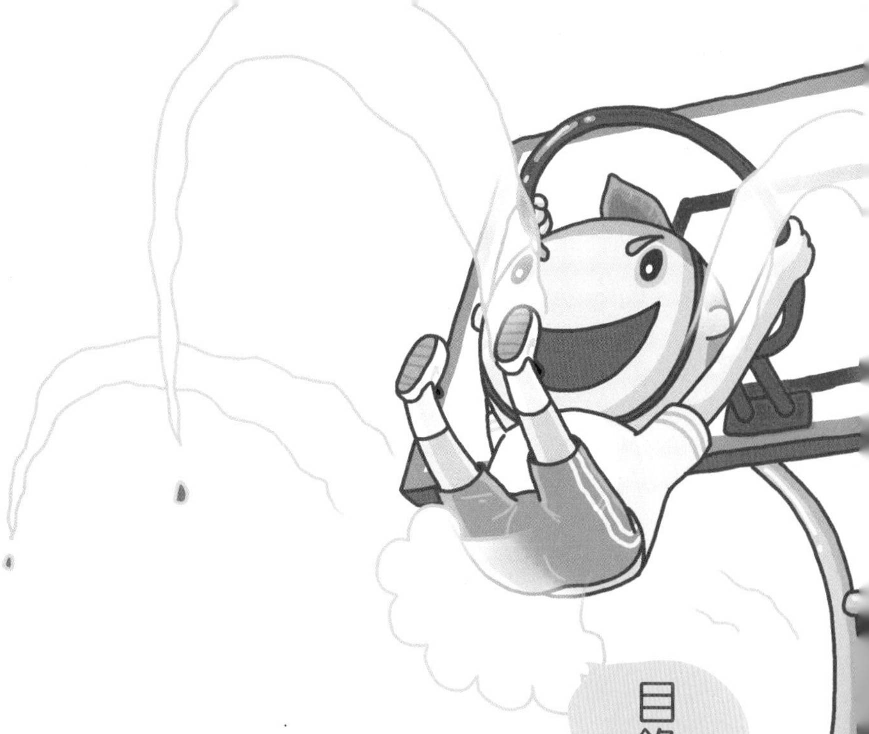

目錄

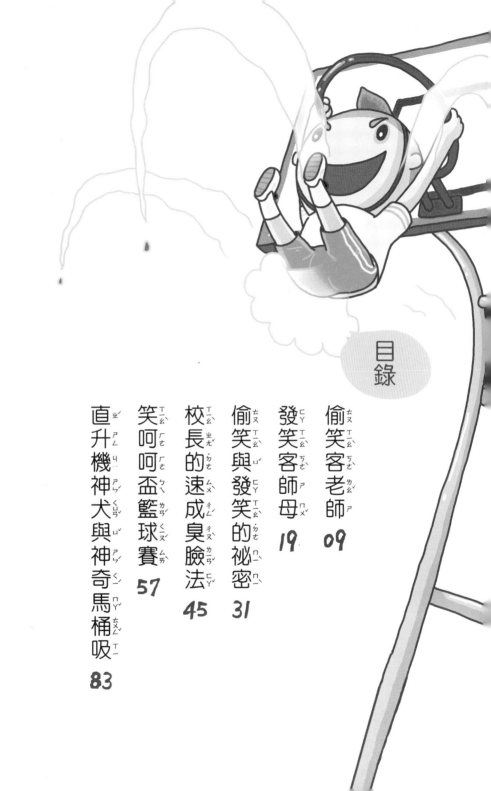

人物介紹

屁屁超人

吃了爺爺種的神奇番薯，因而擁有了神奇的屁屁飛行能力，他熱心助人，經常利用超能力幫助師長和同學。

偷笑客老師

本集出現的神祕班新老師，擁有偷走「笑」的超能力。

發笑客師母

偷笑客老師的妻子，具備發送「笑」的超能力。

直升機神犬

「平凡人科學小組」的新獻禮，屁屁超人未來的得力助手。

校長夫人

神祕校長的剋星。她建議成立神祕班，方便校長偷學小朋友的超能力。（註：整型後）

神祕校長

神祕小學裡最邪惡的人物，專門偷學小朋友的超能力。不過，他使用超能力卻常常漏氣。

人物介紹

騎驢老師

神祕班的第一任導師。他具有「坐在驢子上，連自己都數不到自己（別人當然也數不到）」的超能力，最拿手的科目是「數學」。

模仿王

屁屁超人神祕班的同學，具備神奇模仿能力的小朋友。

好話騎士

哈欠俠的弟弟。好話騎士本來是「髒話金剛」，因為受到大家的感化，把「說髒話讓人痛苦寫考卷」的特異功能，轉變成「說好話讓人心裡吃蛋糕」的超能力。

哈欠俠

屁屁超人的超能力同學。他的「哈欠」具有超級的吸力，連天上的雲朵都能吸下來。

怪女孩

擁有家傳寶物「魔鏡」，魔鏡照出誰，誰就會心甘情願受怪女孩責「怪」，不但立刻「道歉」，還會自動「反省」！

可愛公主

因為太可愛了，大家都搶著幫她做事。不過，她如果想持續保有「公主超能力」，必須日行一善、大方分享、樂於助人……

平凡人
科學小組

他們是一群沒有超能力卻「努力追求知識與學問，勇於創新與發明」的小學生，合力創造出「飛天馬桶」，送給屁屁超人當交通工具。

前情提要

因為愛吃「神奇番薯」而練成「超級屁屁飛行能力」的屁屁超人，新學期和一群超能力同學被編入了神祕班。

不過，神祕校長企圖偷學小朋友超能力的「詭計」一直無法得逞，連專門請來負責神祕班的超能力教師——騎驢老師——都被超人屁薰昏了……接下來邪惡的校長還會打什麼壞主意？超能力小朋友們要如何接招？

偷笑客老師

原本擔任神祕班導師的「騎驢老師」受不了屁屁超人的「超人屁」，申請調到普通班，害神祕校長又得公告徵求新老師。

「最近神祕班過得太快樂了，他們在課堂上笑得太大聲！」校長開出徵人條件——

老師必須有辦法讓超能力小朋友安靜上課。

好不容易有老師敢來應徵，他向校長自我介紹：

「大家都叫我『偷笑客』，我的專長是偷走人們的『笑』！」

「可不可以……表演一下？」校長半信半疑。

「對不起，校長先生，從我進校門到現在，都沒見你笑過……」偷笑客十分為難的說：「不存在的東西我偷不到！」

沒辦法，校長只好請偷笑客到神祕班「秀」才藝，進教室前，校長故意拉下褲子拉鍊……

「哈！哈！校長的『石門水庫』沒關……」神祕班小朋友指著校長大笑，這時，偷笑客老師伸長了脖子，大喊：「**不要笑！**」

說也奇怪，小朋友的笑聲瞬間不見，連笑容也消失……

教室裡鴉雀無聲，只有校長笑了出來——他十分滿意偷笑容的表現——但笑容停留在他臉上沒多久，立刻就被偷笑容偷走。

最後，校長像以前一樣，板著臉孔走出神祕班。

校長命令偷笑客兼訓導主任，從此，校園裡的笑聲愈來愈少，就連屁屁超人撿球時順便表演「空中放屁轉體三圈半」得到的歡呼聲，一個不漏，全被偷笑客「沒收」；甚至神祕小學的「神祕校犬」都受害，牠喘氣時出現的傻笑，也被偷走——神祕校犬原本是小土狗，

如今成了表情苦哈哈的沙皮狗。

剛開始，偷笑客老師必須大喊「不准笑」、「不要笑」、「不可以笑」……才能偷走小朋友的笑；後來，他只要臭著一張臉，小朋友的笑聲和笑容便「咻——」的一聲，飛進偷笑客老師的「裝笑圍巾」裡。

「裝笑圍巾」裝得愈多，鼓得愈大。放學時，偷笑客老師的脖子好像套上了超大甜甜圈。奇怪的是，隔天上課，那條「裝笑圍巾」又會恢復原狀，繼續裝「笑」。

神祕班的小朋友失去笑容，連超能力都使不出來：苦瓜臉的「可愛公主」變得一點都不可愛，她做的點心吃起來比苦瓜還苦；哈欠俠嘟起的嘴可以吊起一隻大象，卻連半個哈欠都打不出來；屁屁超人自己也覺得心情不好，放起屁來「有氣無力」……

事情實在太嚴重了，於是屁屁超人和哈欠俠約好，放學後一起「跟蹤」偷笑客老師，希望找出他超能力的祕密。

幸好「飛天馬桶」儲存了一些屁，能讓屁屁超人載著哈欠俠，悄悄飛到偷笑客老師的上空。

發笑客師母

偷笑客老師進了家門，不一會兒，就拿著鬆鬆垮垮的「裝笑圍巾」到院子裡洗，洗完後掛上曬衣繩晾乾。

屁屁超人和哈欠俠偷偷降落在院子外。

「偷走它嗎？」哈欠俠指著剛洗好的「裝笑圍巾」說。

「這樣不好吧！」屁屁超人想起爸媽和老師平常教的道理。

這時，一位抱著布袋的美麗女士開門走了出來，她見到兩位小朋友，立刻上前打招呼：「你們是我親愛老公班上的學生吧？快請進！」

跟蹤計畫曝光，屁屁超人和哈欠俠嚇壞了……

但他們一見到這位女士，不知道什麼原因，心情就快樂起來，臉上浮現好久不見的笑容，他們邊笑邊回答：「哈……嘻……我們是神祕班的學生，請問你是……？」

「我是你們的師母——偷笑客老師的太太——大家都叫我『發笑客』！」女士和藹可親的解釋：「我們從小住在『客』家庄，所以朋友幫我們取這樣的綽號……快進來坐吧！」

客廳裡，偷笑客老師見兩位笑個不停的小朋友進門，表情愣了一下……

「你是不是袋口沒有綁緊？」偷笑客老師問師母，

師母才吃驚的檢查懷中袋子。等師母把袋口綁緊，屁屁超人和哈欠俠才慢慢止住了笑。

屁屁超人對偷笑客老師承認：「不好意思，老師，我們是來調查你超能力的祕密……」

屁屁超人話說到一半，師母就把她親愛老公的嘴角捏到耳旁，大聲的問：「你……又偷學生的『笑』了？我不是跟你說過不可以這樣嗎？你還騙我說學校裡發生很多趣事，讓你笑個不停……」

「親……親愛的老婆，對不起！」偷笑客老師低下了頭：「我……我好喜歡看你『發送歡笑』的樣子，所以想幫你多存一些『笑』的能量。可……可是在學校，校長要求我，督學監視我，家長審查我，我壓力好大，哪裡笑得出來……」

師母嘆了一口氣，對兩位小朋友說：「對不起，你們老師都是為了我……我習慣送『歡笑』給大家，無論是馬路上愁眉苦臉的大人，或是公車上哭哭啼啼的小孩，我都會想辦法讓他們笑……最近，我想蒐集一袋袋的『笑』送給育幼院小朋友，你們老師才會動歪腦筋偷小朋友的笑。」

「師母……你也有超能力？」屁屁超人指著布袋問：「這袋子和『裝笑圍巾』的功能一樣嗎？」

「『裝笑圍巾』專門裝『偷』來的笑……而我的『發笑布袋』主要功用是將笑『發』給大家！」師母解釋：「這種袋子很多『名人』也愛背——例如彌勒佛先生和耶誕老公公。」

偷笑與發笑的祕密

發笑客師母透露了他們超能力的祕密：

偷笑客老師從小就愛笑，可是遇到的老師都不准學生笑。於是偷笑客只能在老師背後偷偷笑，同學因為害怕被處罰，紛紛要求偷笑客偷走他們的笑。日子一久，他就養成了「偷笑」超能力。他幫同學偷偷笑，被老師發現，也得代替同學受處罰……被處罰時，偷笑客臉上總是露出任性的笑容，伴隨著一行行委屈的眼淚，淚乾後凝結成一條條

神奇的絲線，偷笑客用它們織成了一件「裝笑圍巾」。神奇的「裝笑圍巾」可以暫時存放偷來的笑，等下課後，偷笑客再找個沒人看見的地方笑。

值日生:

發笑客師母從小也愛笑，但她遇見的老師都喜歡聽到、看到同學們的笑聲和笑容，如果師母發現了有趣的事，老師都會請她上台說給大家聽，讓全班同學樂一樂、笑一笑。發笑客師母從小到大都當選康樂股長，

練就了一身逗人開懷大笑的本領，舉凡講笑話、說相聲、扮小丑、耍活寶，沒有一項難得倒她。她常常讓同學和老師笑出眼淚來，她利用這些眼淚，織成一條大布袋。這樣一來，就能將平常多出來、滿出來、溢出來的『笑』蒐集在裡頭……就算不耍寶，照樣能發送歡「笑」給大家。

「好神奇喔！」聽完偷笑客老師和發笑客師母的故事，屁屁超人和哈欠俠決定原諒偷笑客老師，不但如此，還答應幫師母做善事：

「老師，你搔我們的癢吧！我們想多捐一點『笑』！」

「屁屁超人、哈欠俠，你們實在太懂事了……」偷笑客老師笑著流下眼淚，他轉頭向師母說：「我知道錯了，老婆。」

「老公，你是該檢討，你的學生這麼善良，你怎麼忍心偷走他們的……」師母對親愛老公的勸告還沒說完，門就「轟——！」的一聲被踢破了，嚇壞了客廳裡的師生……

定神一看，竟是校長破門而入！

「你們剛剛說的話，我都偷聽到了……偷笑客老師，你真令我失望！原本我想來好好的嘉勉你，想不到你竟然與小朋友和好，還答應不再偷小朋友的笑……」

校長指著自己脖子上溼漉漉的圍巾說：「看來，我只好借用你的超能力，自己動手偷小朋友的『笑』了！」

「糟糕！」偷笑客老師大喊：「校長偷了我晾在外面的『裝笑圍巾』！」

「校長怎會知道『裝笑圍巾』的祕密？」師母瞪大眼，望向偷笑客老師。

「這……這……應徵時，校長問起我的超能力，我老實向他說了……」偷笑客老師像做錯事的小孩一樣，低頭支支吾吾的回答：「但……但是老婆你別擔心，驅動『裝笑圍巾』的臭臉神功，校長根本沒學過，他拿了『裝笑圍巾』也沒用。」

校長的速成臭臉法

偷笑客老師話剛講完，校長已迅速甩掉鞋子，脫下陪伴「香港腳」好幾天的襪子，二話不說，拿起襪子就往臉上抹，一邊抹還一邊說：「臭臉神功？哼！我早就研究出快速練成法了，哈！哈！這樣的臉夠臭了吧！」

「糟了！現在校長的臉比我擺的『臭臉』還臭一百倍呀！」偷笑客老師大驚失色。

「別擔心，看我用『哈欠神功』把圍巾吸過來！ㄒㄧㄚ——」哈欠俠帶著「自信的笑容」，準備打一個大哈欠。

但是，練成臭臉神功的校長打開了「裝笑圍巾」的封口，把哈欠俠臉上那張「自信的笑容」偷走了，哈欠俠滿面愁容，嘴巴高高嘟起，連張都張不開，更別說打哈欠了！

哈欠俠的超能力無法施展，偷笑客老師丟了「裝笑圍巾」，屁屁超人也提不起放屁的勁……奇怪的是，發笑客師母竟然毫不緊張。

師母從容的打開「發笑布袋」，只見她笑容愈來愈燦爛，笑聲愈來愈響亮……而臭臉校長脖子上的圍巾愈

脹愈大、愈脹愈大……大得像巨大救生圈。

師母的布袋卻只消了一點點。

「『裝笑圍巾』吸走了布袋裡的笑……可是，好像快裝不下了！」說話的哈欠俠臉不皺、嘴不嘟了。

偷笑客老師也不再苦著臉，他解釋：「布袋容量比圍巾大多了——裡頭裝了好幾個禮拜以來，我從學校小朋友那兒偷走的笑！」

不久，「砰！」裝笑圍巾爆開了，把校長炸到半空中……幸好，屁屁超人起飛將他接住。校長落地後，一直笑、一直笑，笑到停不下來。校長的臭臉變成了嘻皮笑臉，他一邊咬牙切齒，一邊「強顏歡笑」、「皮笑肉不笑」的說：「可惡！失敗了，我真不服氣呀……哈……哈……」

「果然還是老婆厲害！」偷笑客老師抱起發笑客師母，甜蜜的說。

「好險！差點就被校長害慘了！」哈欠俠和屁屁超人趕忙撿回「裝笑圍巾」，校長卻趁大家不注意時逃跑了——他一邊開溜，一邊還笑個不停。

「這麼近的距離，被這麼多『笑』炸到……」師母搖著頭說：「看樣子，校長可能會一直笑……至少笑兩個禮拜！」

「唉！仔細一想，還真不公平……」哈欠俠嘆了口氣說：「書上不是說『惡有惡報』嗎？校長的『報應』卻是開心大笑十天、半個月，這未免太便宜他了！」

屁屁超人聽了，覺得有點道理。

這時，偷笑客老師突然想起什麼，對兩位小朋友說：「那可不一定，聽說，校長明天要陪凶巴巴的校長夫人，參加一場喪禮的告別式……」

笑呵呵盃籃球賽

在補好「裝笑圍巾」前，偷笑客老師沒辦法帶小朋友捐的「笑」回家。屁屁超人便找了神祕班的同學，下課後一起到師母那兒說笑、搞笑、開玩笑，將笑容和笑聲都裝進大布袋裡……可是，累積「笑」的速度實在太慢了。

「古人說，送人一條魚，不如給他們釣竿……」可愛公主一邊發點心，一邊說：「我們蒐集『笑』送育幼院的小朋友，怎麼發都發不夠，不如辦個活動，想辦法讓他們自己笑……」

大家覺得這主意不錯，於是由師母策劃，偷笑客老師執行，向神祕校長提議。

令人意外的，校長一口答應，並且決定舉辦籃球比賽——由大人組隊挑戰小朋友。校長可不是想做善事，他明白大人和小朋友相比，唯一的優勢只有身高，為了扳回顏面，校長企

圖利用「身高最能占便宜」的球類比賽報仇。

「笑呵呵盃籃球賽」比賽當天，發笑客師母邀請了育幼院的小朋友，而小朋友當然為小朋友加油。

小朋友隊主要成員是神祕班的學生，先發球員為屁屁超人、哈欠俠、模仿王、怪女孩和可愛公主；大人隊則由神祕校長、校長夫人、騎驢老師、督學先生和家長會長組成。

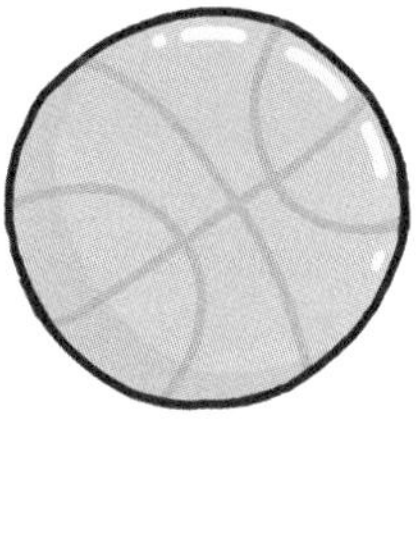

偷笑客老師和發笑客師母負責招待育幼院小朋友，好話騎士擔任啦啦隊隊長：「哈囉！各位小帥哥、小美女，大家跟著我跳波浪舞……」

比賽開始，準備由裁判發球，兩隊派出隊員跳球，不過，沒見到裁判，只見到大人隊的校長拿著球，站在發球位置。

「等一等，校長，你是球員，這球應該交給裁判。」哈欠俠提醒校長。

校長卻說：「正式比賽的裁判都是大人，我是大人，而且是校長，理當由我擔任裁判。」

不管小朋友隊的抗議，校長將球丟向了大人隊這邊。校長夫人才接到球，哈欠俠就使出哈欠神功，把球吸了過去。

觀眾的歡呼聲尚未響起，校長已經吹了哨子：

「嗶——！打手犯規！」

「什麼？」哈欠俠不敢相信——他離校長夫人至少有十公尺耶！

「請尊重裁判……」校長把球拿回來，交給大人隊。

大人隊將球傳給騎驢老師，騎驢老師的超能力是——當他騎上驢子，所有人都會以為他不在現場！

因此，騎驢老師輕鬆騎著驢子，上籃得分。

換小朋友隊進攻，哈欠俠迅速將球拋進場中，傳給怪女孩，校長跑過來防守，粗魯的搶走球，還把怪女孩摔倒在地……

「你犯規！」怪女孩指著校長說。

校長聳了聳肩否認：「我沒有！」

怪女孩拿出向媽媽借來的「魔鏡」，擺在校長的面前問：「你看，犯規該怪誰？」

校長做出「道歉與反省」的跪姿，低頭說：「是我犯規……」

怪女孩正想拿球，校長卻轉了個身，吹響口哨，他臉上「道歉與反省」的表情瞬間變成一張臭臉，他說：「做為一位誠實的球員，剛剛是我犯規；但身為一個權威的裁判……剛剛是你犯規！」

「那麼……校長你到底是球員，還是裁判？」怪女孩滿臉迷惑。

「我是球員兼裁判！」說完，校長將球判給了大人隊，騎驢老師不費吹灰之力又上籃得分……

小朋友隊並不氣餒，可愛公主使用公主神功，命令受過可愛公主恩惠的大人閃開，讓她得分。

大人們是讓開了，但可愛公主沒注意到騎在驢子背上的「騎驢老師」，上籃時整個人撞了上去……

「嗶──！撞人！」校長哨音又響起，可愛公主犯規，球又落入大人隊手中。

校長傳球給夫人，夫人傳球給督學，督學傳球給家長會長，家長會長傳球給騎驢老師，騎驢老師站在驢子上，連跳都不必跳就灌籃得分！

小朋友隊再接再厲，模仿王使出模仿神功，他模仿騎驢老師的樣子，請屁屁超人充當驢子，左閃右躲，避開了所有大人的防守，最後在屁屁超人的肩膀上用力一跳，球擦板得分。

「嗶——！走步違例，得分不算！」校長哨音再度響起……

「為什麼騎驢老師就不會被判『走步』？」模仿王上前抗議。

「嗶——！不服從裁判——技術犯規，由大人隊罰球！」

就這樣，上半場還沒打完，比分已經來到了一百比零；屁屁超人發現育幼院小朋友個個愁眉苦臉，臉上全是擔心的表情，根本沒有半點笑容。

「糟了，再這樣下去，反而害小朋友心情更差。」

上半場剩下最後三秒鐘……由小朋友隊發球，他們叫了暫停。

「再不得分就完了！」屁屁超人和隊友商量「最後一擊」的戰術。

「等一下記得要捏緊鼻子！」決定了戰術，哈欠俠提醒隊友。

「觀眾席上的小朋友呢？」屁屁超人擔心的問。

「放心吧！他們進場時都拿到了『飛天馬桶』紀念版口罩……」

暫停時間結束，大人隊全站好了防守位置——他們為了讓大家明白「在學校裡誰是老大」，

決心不讓小朋友隊得到任何分數——校長的哨子正緊握在手上，隨時準備吹小朋友犯規。

「全看你了，屁屁超人！」哈欠俠把球傳入場中，交到屁屁超人手上，計時器開始倒數，屁屁超人雙腳半蹲，眉一緊、臉一皺、腮幫子一鼓，「轟！」的一聲，瞬間衝向對面籃框。

「是屁屁超人的絕招——噴射屁！」小朋友隊員捏住了鼻子，觀眾們戴上了口罩。

屁屁超人以「迅雷不及掩耳」的速度飛到籃框上，順勢朝籃框猛力一灌，為了怕撞到防守的大人隊，他還吊在籃框上晃了兩下。

籃框下的防守球員，如同面對著「像飛機引擎一樣大」的超級吹風機，不只頭髮被吹亂，臉皮被吹歪，連整個人都被吹起，口吐白沫的墜落在球場各個角落。

最可憐的是……校長為了吹出「犯規！進球不算」的響亮哨音，在屁屁超人灌籃時，深深吸了一大口氣……

上半場比賽就在觀眾爆出的歡呼聲中結束，雖然小朋友隊只得了兩分，根本沒贏，但前來觀賞比賽的小朋友全都破涕為笑——收起了愁容，綻放了笑容——他們充滿驚喜的又叫又跳，雙手不停的為小朋友隊拍手。

「我們趕快送大人去醫院吧！」屁屁超人搬來了飛天馬桶，哈欠俠使出哈欠神功，將大人隊吸成一團，綁好在飛天馬桶的水箱蓋上，由屁屁超人載他們就醫。

事後，發笑客師母對小朋友隊說：「育幼院小朋友能為你們加油歡呼，表示他們心裡不僅有了足夠的快

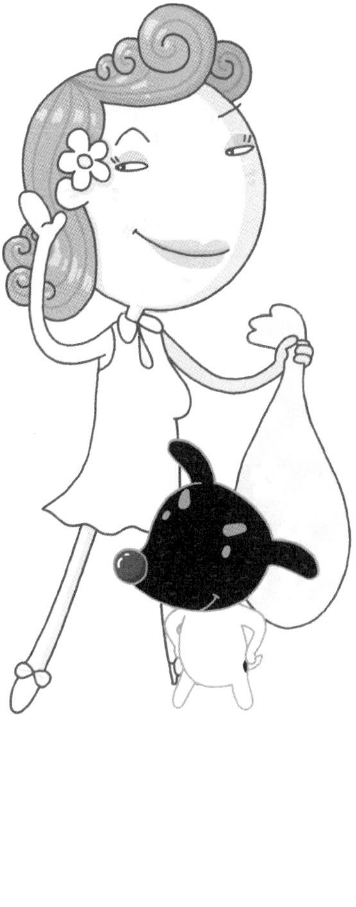

樂，還有滿出來、溢出來的『愉快心情』能分享給別人！……就算我用『發笑布袋』發再多的笑，都不一定能做到呢！

最重要的是，他們體會到『歡呼與喝采』不一定屬於『占有優勢』的一方——努力不懈的人，無論輸贏，永遠會獲得最大掌聲！」

直升機神犬與神奇馬桶吸

平凡人科學小組決定送「笑呵呵盃籃球賽」的進球英雄「屁屁超人」三項贈禮——

第一項贈禮是：他們約好去「發笑客師母」那兒捐「笑」。

第二項贈禮是：他們將「神祕校犬」訓練成功，為屁屁超人添了一位好幫手。

流浪到神祕小學的神祕校犬，因為太可愛了，受到小朋友的寵愛，常常分享小朋友的早餐，屁屁超人也時常把「神奇番薯」分給牠吃。

神祕校犬見到小朋友，尾巴就搖得好厲害，而且搖尾巴的力量一天比一天強，速度一天比一天快！

本來是左右九十度的輕輕搖，後來變一百八十度的重重甩，最後竟成了三百六十度像電風扇一樣的旋轉，還離開了地面，飛上天空……

小朋友看見了拍手大叫：「好厲害！牠是『直

升機』一樣的『神』祕校『犬』，我們叫牠『直升機神犬』吧！」

平凡人科學小組發現「直升機神犬」除了螺旋槳尾巴，還有一具噴射引擎屁股——因為牠常吃屁屁超人餵的神奇番薯，所以偶爾也能放出『狗臭屁』，讓牠的飛行更加迅速有力。

科學小組的組長對屁屁超人說：「有了直升機神犬代替你幫小朋友撿球，下課時，你偶爾可以休息一下，享用可愛公主親手做的地瓜點心。」

「直升機神犬還有一項偉大貢獻……」負責訓練神犬的科學小組成員（他的爸爸是獸醫）說：「自從牠學會放屁飛行，學校裡放屁最臭的就不再是屁屁超人了，因為直升機神犬的『狗臭屁』比『超人屁』臭一萬倍！」

「是呀，聞過『狗臭屁』的同學，都說屁屁超人的屁其實很香！」其他科學小組的成員紛紛點頭表示同意。

平凡人科學小組的第三項贈禮是：

「神奇馬桶吸」！

科學小組蒐集了數百種口味的泡泡糖，經過無數次混合試驗及比例調整，終於研發出使用「屁屁動力」的祕密新武器。

屁屁超人只要將「神奇馬桶吸」擺在屁股上，利用「超人屁」將它發射出去，按照科學小組精密計算出的力學原理，吸盤那一面會朝向目標飛去，加上吸盤內殘

存著濃純超人屁，一旦被射中口鼻，肯定臭暈過去！而在又臭又缺氧的環境裡，極易形成短時間的失憶——忘記被射中前到底發生了什麼事。

屁屁超人興奮的接過三支「神奇馬桶吸」，馬上對著廁所牆壁練習……

才練習沒幾回，樓梯間就傳來「好話騎士」的喊叫聲：「糟了！我們親愛的神祕校長從醫院偷跑回來，要找小朋友算帳，大家快逃！」

屁屁超人和科學小組才衝出廁所，就看見校長在走廊上，朝他們衝來……

「糟糕，不能讓校長發現存放『飛天馬桶』的祕密基地！」

屁屁超人想起「神奇馬桶吸」的神奇威力，趕緊拿了一支，用屁股「噗——」的一聲，朝校長射去……

「唉唷！」校長慘叫一聲，神奇馬桶吸正中他的口鼻。

然而，校長不但沒暈過去，反倒輕鬆的將「神奇馬桶吸」拔了下來，還臭著臉對屁屁超人說：「馬桶吸是什麼爛武器！裡面那麼一丁點的超人屁，對我根本起不了作用……這簡直是雕蟲小技！」

屁屁超人這才想起，校長曾經用自己的襪子抹臉，還好幾次吸入他的「噴射屁」，當然漸漸對「超人屁」產生免疫力！

「怎麼辦，擋不住了！」屁屁超人又慌又急……平凡人科學小組的組長卻十分冷靜，他優雅的拿起神奇馬桶吸，固定在直升機神犬的屁股上。

組長摸著神犬的頭，輕輕說了聲：「乖！放你的狗臭屁！」

只見直升機神犬「凹——嗚」一聲，又「噗——」的一聲，把「神奇馬桶吸」朝校長射去……

「神奇馬桶吸」神奇的口香糖材質讓「屁」不會外

漏，雖然如此，屁屁超人還是隱約聞到了超級臭的狗臭屁味，他摀著鼻子說：「果然比我的『超人屁』臭一萬倍！」

又遭「神奇馬桶吸」射中的校長，雖然對「香港腳臭襪」和「超人屁」免疫，卻禁不住超級無敵的「狗臭屁」攻擊……就這樣，剛從醫院偷跑出來的校長，又口吐白沫，被「直升機神犬」叼回醫院急診室去！

屁屁超人記者招待會

神祕校長：歡迎各位前來參加《屁屁超人與直升機神犬》記者招待會，我是神祕小學的校長，今天很榮幸在這兒擔任主持人……現在，請大家踴躍發問。

記　者：請問屁屁超人，請說你在《屁屁超人》及續集《屁屁超人與飛天馬桶》中，表現優異，得到了許多代言機會？

屁屁超人：……

神祕校長（搶話）：是呀！第一集他代言了「愛用成語股份有限公司」的「一飛沖天」成語，第二集更代言了「一鳴驚人」這一句。市場反應十分熱烈，愛用頻率非常可觀，身為他的校長，我也覺得與有榮焉！

記　者：校長先生，請讓我們提問的對象「親自」回答，好嗎？

神祕校長：沒問題！只要……你們「提問的對象」是「我」，那不就得了！

記者（無奈）：好吧！校長您的反派角色，戲分倒也十分吃重……請問

您同樣代言「成語」嗎？

校長（驕傲）：我偷學過屁屁超人的飛天超能力，所以自告奮勇向「愛用成語股份有限公司」爭取了一個機會，代言了「奮發向上」這句成語。只不過，簽約典禮當天，我吃壞了肚子，在示範「向上」飛時，發生了一點小意外……公司怕小朋友會把「奮發向上」，誤寫成「『糞』發向上」，所以當場和我解約……

記　者：好了，好了，我們不想在腦海中出現當時的噁心畫面……呃，校長您這一集的表現依舊突出，是否有新的代言機會？

神祕校長：當然有！本集故事中，我上演了「用臭襪子抹臉」的橋段（校長有練過，小朋友千萬不要學），為了藝術，我做出犧牲！想不到竟感動了一些襪子廠商，紛紛上門找我代言。我因此才發現台灣製的襪子，不但吸溼、排汗、抗菌、除臭，甚至還能冰涼、降溫呢！業者說，雖然他們的產品比較適合使用在腳上，但如果我下次還有機會拿襪子抹臉，他們贊助的襪子，保證令我不怕ＮＧ重來，甚至抹上千遍也不厭倦！

記　者：這麼厲害？Made in Taiwan的台灣精品，真是優秀啊！

神祕校長：是呀！請大家多多支持台灣的產品和作品喲！

閱讀123